AF316887

LA
RELIGION,

A L'ASSEMBLÉE
DU CLERGÉ DE FRANCE.
POËME.

Ladite assemblée tenue en 1761.

EN FRANCE
chez les Libraires.

MDCCLXII.

POÉME.

*La Religion descend au milieu de l'Assemblée du
Clergé, & dans son étonnement
dit :*

OU suis-je ? Sont ce-là mes Docteurs,
    mes Prophétes,
De mes Oracles saints les divins Inter-
    prêtes,
Les Pasteurs d'Israël, les Vengeurs de
    mes droits ?
Quels Evêques, grand Dieu, que ceux que j'ap-
    perçois !
Hélas ! sont-ils Chrétiéns ? l'est-on sans innocence ?
L'est-on sans charité, sans foi, sans pénitence ?
Prélats, on doit juger de l'arbre par ses fruits :
Les vôtres, de quel germe ont-ils été produits ?
Il n'est que deux amours, l'un saint qui justifie ;
L'autre impur & souillé, partage de l'impie.
Où prendre un Juste ici, qui fidele à ma loi,
M'aime, soit mort au monde, & vivant de la Foi ?
Dans vos Mitres, le fruit d'une intrigue profane,
Vous portez sur vos fronts l'Arrêt qui vous con-
    damne:
Sur vos Thrônes sacrés mes yeux cherchent en-
    vain
Des Prélats dans ce poste élevés par ma main.

A

On traînoit autrefois les Saints au rang suprême;
Aujourd'hui l'on y court, on s'appelle foi-même.
Où trouver un Pasteur prévenu par mon choix,
Qui de l'Episcopat ait redouté le poids,
Et dont le premier pas ne soit point une chute ?
Par des vœux criminels à l'envi l'on débute.
Un Siege est-il vacant que de regards sur lui !
La Crosse, estroi des Saints, est un don aujourd'hui.
L'ambition conduit au pied des Tabernacles ;
L'Adroite Simonie écarte les obstacles.
Un Bénéfice au gré de l'avare Prélat
Ne peut d'un si haut rang entretenir l'éclat.
Au lieu de cultiver le champ, on le ravage,
Au mépris de mes Loix l'Eglise est au pillage.
Dans le sacré Bercail, infideles Pasteurs,
Guidés par l'intérêt, vous n'entrez qu'en voleurs.
C'est du sang des brebis que vous êtes avides :
Sous leur peaux vous cachez des projets homi-
    cides.
Vos trésors ne sont pas mes dons, mais vos larcins ;
Evêques à vos yeux, aux miens vrais assassins.
Usurpateurs des rangs où je vous vois paroître,
Criminels, voulez-vous cesser enfin de l'être ?
Quittez ces ornements, qui n'en sont pas pour
    vous.
Sous l'habit des Pasteurs on reconnoît les loups.
Elevés par orgueil, descendez par justice,
Jamais grands à mes yeux que par ce sacrifice.
Mais vos sombres regards prouvent en ce moment
Que sous des chaînes d'or on s'aveugle aisément.
Descendre, vous paroît une foiblesse indigne ;
Ce seroit, selon vous abandonner ma vigne,
Sacrifier mes droits, tout perdre & me trahir ;
Et vous n'êtes ici que pour me secourir.
Hé bien, qu'y faites-vous ? Parlez, qu'en dois-je
    croire ?
Réunis sous mes yeux, l'êtes-vous pour ma gloire ?

Pourquoi s'envelopper dans un profond secret ?
Ah ! si de vos desseins j'étois l'ame & l'objet,
Vous verroit-on, du jour redoutant la lumiere,
Ne marcher qu'en tremblant sous l'ombre du
    myftere ?
Le triomphe du vrai peut-il être le fruit
De projets enfantés dans le fein de la nuit ?
Qui fe cache, eft coupable ; on fe montre fans
    crainte,
Quand de la vertu feule on préfente l'empreinte.
On penfe , en vous voyant chercher des fouter-
    reins ,
Que l'homme ennemi veille , & féme par vos
    mains.
Des Anges de lumiere on vous donne le titre,
Pourquoi donc placez-vous un mafque fous la
    Mitre ?
Si l'amour feul du vrai dirige vos pinceaux,
Travaillez au grand jour, ouvrez tous vos bu-
    reaux.
Prouvez que vous marchez fur les pas des Apô-
    tres ;
Chrétiens pour vous , foyez Evêques pour les au-
    tres.
Ceffez de vous cacher ; qu'eft-ce donc qu'un Prélat
Qui n'eft qu'un fel fans force , un flambeau fans
    éclat ?
D'un Evêque apprenez l'alternative étrange ;
C'eft toujours à mes yeux un monftre , ou c'eft
    un Ange.
J'ai vû ce temps heureux , qu'ici la piété
Portoit dans votre état des fruits de fainteté.
Dignement appellés au divin Miniftère ,
Les Pafteurs honoroient leur facré caractère.
Grands par l'humilité , riches , mais en vertus ,
(Hélas ! jours floriffants, qu'êtes-vous devenus ?)

Ils pratiquoient mes loix, annonçoient mes ora-
    cles,
Gagnoient par leur douceur, frappoient par des
    miracles,
Ou jamais à la Cour, ou toujours Pénitens ;
Sans faste, & respectés, Evêques en tout temps.
A la voix de tels Chefs on marchoit sur leurs
    traces.
On leur a succédé, mais remplit-on leurs places ?
Quel contraste jamais plus digne de mes pleurs !
Ils n'aimoient que la Croix, vous n'aimez que les
    fleurs.
Les faux biens à leurs yeux n'étoient qu'un vil
    atôme,
Aux vôtres ceux du Ciel ne sont qu'un vain fan-
    tôme.
Peres des indigens, ils faisoient des heureux.
Rivaux des fiers Traitans, vous l'emportez sur eux.
Tempérans, ils n'avoient qu'une table frugale,
Et la vôtre gémit du luxe qu'elle étale.
Leur modeste vertu marchoit baissant les yeux :
L'éclat de vôtre orgueil forme un scandale affreux.
Dans mon Volume saint, dans les Ecrits des Peres,
Ils puisoient nuit & jour d'abondantes lumieres.
Quel prodige aujourd'hui qu'un Evêque savant !
Pour vous des Livres saints l'étude est un tour-
    ment.
Ils prêchoient, & l'exemple appuyoit leurs ma-
    ximes ;
Muets pour le salut, l'êtes-vous pour les crimes ?
Que vois-je dans vos mains ? deux Décrets pleins
    d'horreurs,
Que l'Enfer contre moi vomit dans ses fureurs,
Dont dans Rome payenne, au pied d'un Dieu de
    plâtre,
Avec sa raison seule eût rougi l'Idolâtre ;

Ouvrages ténébreux, qui renverſent ma Loi,
Bouleverſent l'Egliſe, inſultent à ſa Foi;
L'un, tiſſu monſtrueux d'affreuſes calomnies,
L'autre, germe fécond d'abſurdités impies;
Couple impur, digne fruit d'un Monſtre décoré
D'un nom par le Ciel même en tremblant adoré.
Quel Monſtre! C'eſt un homme exiſtant en cent
     mille,
De tant de corps divers ſeul & puiſſant mobile,
Qui rival du Très-Haut, ſans paroître, eſt par-
     tout,
Embraſſe l'Univers de l'un à l'autre bout,
N'occupe qu'un ſeul point, & gouverne la terre,
N'a qu'une plume en main, & lance le tonnerre,
Traîne un vil vêtement,& foule aux pieds les Rois,
Maîtriſe les eſprits, & les corps & les loix.
Jaloux de mon triomphe, embelli de mes charmes,
Ce Monſtre contre moi tourne mes propres armes.
Pour m'ôter la parole, il emprunte ma voix;
Pour renverſer mon thrône, il prend en main la
     Croix.
Sa Politique habile appelle l'ignorance.
S'empare adroitement des clefs de la Science;
En prêchant l'Evangile, en altere l'eſprit,
En couronnant mon front, le ſouille & le flétrit;
Des ſaintes vérités empoiſonne la ſource,
Aux plus noirs attentats s'enhardit dans ſa courſe;
Proſcrit toute vertu, qu'il voit d'un œil jaloux,
Conſacre toute horreur qui ſert bien ſon cour-
     roux;
D'un tas d'impiétés, qu'avec art il exhale,
Infecte ma Doctrine, inonde ma Morale;
Rempe vers la grandeur par d'indignes détours,
Du poignard, du poiſon achete le ſecours;
Fait un devoir du crime, un jeu du ſacrilege,
Change en Théâtre un Temple, en Sodome un
     College,

A iij

Enfante & canonise un syſtême cruel.
Qui profane, enſanglante & le Thrône & l'Autel,
Divinise les fruits d'un honteux fanatiſme ,
Sur les débris de tout s'éleve au deſpotiſme ;
Enfin , par un concours d'incroyables forfaits ,
Aux témoins étonnés fait douter s'ils ſont vrais.
   Tel eſt ce Monſtre : hé quoi ! Miniſtres de mon
     culte ,
Vous , Organes du Ciel, que la Terre conſulte,
Chefs de mon Sanctuaire, appuis de ma grandeur,
Qui vantez ſur vos fronts le Sceau de ma faveur ,
Malgré tant de bienfaits , au Monſtre qui m'ou-
     trage ,
Ingrats , Vous préſentez un ſacrilege hommage.
C'eſt votre Idole. En vain tout parle contre lui.
Vous foulez tout aux pieds pour lui ſervir d'appui.
Vous oubliez honneur , fidélité , prudence,
Dignité , bonne foi , ſerments , gloire , décence
Contents , ſi mon Rival accepte votre encens.
Quel eſprit de vertige enivre ainſi vos ſens ?
Je penſois qu'éblouis par de vaines chimeres ,
Eblouis par l'éclat des vertus menſongeres ,
Vous preniez pour moi-même un Rival odieux :
Inſenſés , qu'ai-je omis pour deſſiller vos yeux ?
   Du fond d'un Sanctuaire où j'habite moi-
     même,
Où le nom de Juſtice orne mon Diadême,
Où , la balance en main , je peſe les Mortels ,
Eſpoir des Innocents, effroi des Criminels ,
De-là j'ai fait partir mille voix redoutables
De l'eſprit qui m'anime , Oracles reſpectables ;
L'Univers étonné ſe reveille à ce bruit ;
Le Monſtre s'en émeut , la France en retentit.
La main de ma Juſtice ôte aux yeux de l'Europe
Le voile dont le Monſtre avec art s'enveloppe :
Quel changement ſubit ! l'Impoſteur dépouillé
Laiſſe voir mille horreurs dont ſon ſein eſt ſouillé.

[8]

Ufure, meurtres, vols, calomnies, homicide,
Parjure, facrilege, infâme Régicide.
Quel amas de noirceurs fous des dehors brillants !
L'illufion, Prélats, ceffe enfin : il eft temps ;
Parlez ; que penfez-vous du Rival que j'abhorre ?
Le monde eft décidé : balancez-vous encore ?
Le mafque eft arraché : les faits font évidents.
Qu'entends-je ? .... confondus par des traits fi
          frappants,
Sourds aux cris de l'honneur, au cri de la juftice,
N'oppofant aux raifons qu'un aveugle caprice,
» Refpectons, dites-vous, un Corps fi glorieux,
» Néceffaire à l'Eglife, a l'Etat précieux ».
Quel langage ! Dans vous eft-ce fureur, folie,
Ivreffe, aveuglement, faux-honneur, frénéfie ?
Quel bien tire l'Etat d'un amas de Brigands,
Ufurpateurs hardis, dangereux Intrigants ;
D'un Defpote étranger adorateurs ferviles,
Des légitimes Rois contempteurs indociles ;
Sujets, pour profiter des droits des Citoyens,
Etrangers, s'il s'agit d'en brifer les liens ;
Ne prenant dans l'Etat aucune confiftance,
Pour éluder des Loix la févere Ordonnance ;
Efpions, abufants du fceau le plus facré,
Si l'honneur de leur Secte y gagne un feul dégré ;
Avides pour le gain, fans foi dans le commerce,
Vindicatifs, cruels, fitôt qu'on les traverfe ;
Soufflants par-tout le feu de la divifion,
Immolants tout au gré de leur ambition ;
D'un air de piété colorants leur vengeance,
Modeftes par orgueil, traîtres par confcience ;
Faux, parjures, ingrats, violants tous les droits,
Dépouillants les Sujets, affaffinants les Rois ;
Portants le fer, le feu, la mort, ou des entraves,
Par-tout où leur orgueil ne veut que des Efclaves ;
Fanatiques, ligueurs, fourbes, féditieux ? ......
Sont-ce là des Sujets à l'Etat précieux ?

Le font-ils à l'Eglife , où leur funefte rage
Depuis deux fiécles fouffle un feu qui la ravage ?
N'eft-ce pas fous leurs coups que je vois tous les
    ans ,
Ou tomber mes Autels , ou périr mes Enfants ?
J'aimois un Inftitut , ils l'ont frappé du foudre :
J'avois un faint afyle , ils l'ont réduit en poudre.
Je régnois en Sorbonne , on y fuivoit mes loix :
L'Erreur m'attaquoit-elle ? on y vengeoit mes
    droits.
Ces furieux armés d'une infolente audace ,
M'ont chaffée , & j'y vois un Squelette à ma
    place.
Au facré Tribunal des Guides éclairés ,
Ramenoient fous mes loix les troupeaux égarés.
De mes Rivaux jaloux je vois la troupe indigne ,
S'emparer de mes clefs , & détruire ma vigne.
j'avois , pour m'annoncer , des Interpretes faints:
Je ne vois , j'en rougis , qu'orgueilleux baladins ,
Qui d'un ftyle profane énervant mes maximes ,
Souillent mes vérités , embelliffent les crimes.
Sous des fages leçons je voyois autrefois
Les dociles enfants fe former à ma voix :
De profanes Mentors l'impudique cabale
Ne leur ouvre aujourd'hui qu'une école fatale ,
Où leurs cœurs ne puifants que l'amour des plai-
    firs ,
Ne prennent déformais pour loix que leurs defirs.
Le Clergé dans Paris , formé fous mes aufpices ,
Ornoit mon Sanctuaire , & faifoit mes délices ;
Quel fpectacle aujourd'hui ! des Prêtres féduc-
    teurs ,
De mes myftères faints hardis profanateurs ,
Se jouant de l'Autel , troupe vile & vénale ,
D'un Peuple corrompu l'opprobre & le fcandale !
Pour comble de malheurs dans ces jours je ne vois
Qu'une funefte ardeur pour ébranler la Foi.

Ivre d'un vain orgueil , bravant jusqu'au ton-
    nerre,
Le Déisme usurpant l'empire de la Terre ,
Vante de la raison le triomphe éclatant ,
Et ne jette sur moi qu'un regard insultant.
Affreux renversement , triste métamorphose ?
Prélats, ouvrez les yeux, vous en verrez la cause.
Depuis le jour cruel que le Monstre fatal
Fit éclorré a Lisbonne un système infernal,
Et que des bords du Tage aux rives de la Seine ,
L'insolent Molinisme osa traîner sa chaîne ,
De ce malheureux jour je date mes malheurs ,
Et ne fais qu'arroser mes Fasties de mes pleurs.
A ma douleur extrême où chercher un remede ?
Témoins indifférents du malheur qui m'excede ,
On ne vous voit d'ardeur que pour en triompher ,
Vous irritez un feu qu'on est prêt d'étouffer.
Comment justifier cette horrible conduite ?
Peut être est-ce foiblesse , & la Secte hypocrite
Dans sa chûte annonçant de plus puissants efforts ,
Vous prévoyez sa haine, & craignez ses transports.
Lâches , ces sentimens seroient-ils donc les vô-
    tres ?
Etes-vous , pour tromper , successurs des Apô-
    ties ?
Evêques , apprenez votre premier devoir ,
C'est d'inspirer la crainte , & de n'en point avoir.
Défenseurs de la Foi , chefs du Christianisme ,
En traits de feu marqués au coin de l'Héroïsme ,
Grands au sein de la paix , plus grands dans les
    combats ,
Vous devez , sans pâlir , braver jusqu'au trepas.
Que l'Hydre se reléve , hé bien , c'est votre
    gloire.
Pouvez-vous sans combats mériter la victoire ?
L'honneur de votre rang tant de fois avili
Demande un tel retour pour se voir rétabli.

Mais quelle eſt votre erreur ſur l'impuiſſante Secte !
Eſt-ce au lion ſuperbe à fuir devant l'inſecte ?
Que vous connoiſſez peu votre prix & le ſien !
Foible même avec vous, ſans vous elle n'eſt rien :
Son ſort dans ce moment dépend d'une parole.
Parlez, & le néant engloutit votre idole.
Vous tremblez ! hé ! voyez, un ſimple Sénateur,
Quel opprobre pour vous ! devient mon défen-
    ſeur.
Attentif ſur le Monſtre, il l'approche, il l'atta-
    que ;
Il démaſque le fourbe, entrouve le cloaque,
D'où des plus noirs poiſons s'éléve la vapeur
Qui doit de mon empire avancer le malheur.
A l'aſpect du danger qui menace mon trône,
Le vigilant Sénat d'un ſaint effroi friſſonne ;
Il prend le fer vengeur, & du Coloſſe affreux
Diſſéque prudemment les membres vénimeux.
Il vole à mon ſecours : c'eſt aux Dieux de la terre
Au défaut des Prélats, de s'armer du tonnerre.
Frappé d'un coup mortel, le monſtre chancelant,
Prélats, à ſon ſecours vous appelle en tombant.
Quoi ! Vous le redoutez, tandis qu'il vous im-
    plore ?
Ce n'eſt plus qu'un cadavre, & vous tremblez en-
    core ?
Ciel ! Quelle honte, Allez, vils prévaricateurs,
Du Coloſſe expirant mendier les faveurs.
Que vous méritez bien, ambitieux Eſclaves,
De traîner ſans rougir, de ſi nobles entraves !
Mes chaînes à vos yeux ne ſont que d'un vil
    prix :
Je prêche des faux biens un généreux mépris,
L'humilité, la foi, des mœurs, la tempérance,
L'eſprit de pauvreté, des fruits de pénitence :
Ce ſont là mes liens ; ils vous ſont en horreur.
Hé bien ! de vos penchants ſuivez l'attrait flateur ;

Foulez aux pieds la foi, vivez dans la molleffe;
Que les plaifirs chez vous fe fuccedent fans ceffe,
Que votre fafte étonne & l'Eglife & l'Etat.:
Rivaux des Grands du monde, effacez leur éclat:
Au fein d'un doux loifir coulez des jours paifibles:
C'eft-là qu'eft ma vengeance : ô menaces terri-
    bles !
Mais un efprit d'ivreffe en dérobe le fens.
Sourds aux cris de l'honneur, foyez-le à mes ac-
    cens :
Ayez des yeux fans voir; écoutez, fans entendre,
Vous dédaignez mes biens, j'ai droit de les re-
    prendre.
C'en eft fait, déformais vous vivrez fans remords,
Je retire mes dons, mon efprit, mes tréfors.
Je ne laiffe chez vous qu'un phantôme frivole,
Ouvrage féducteur de votre vaine idole,
Propre à précipiter par un femblable fort
Les Pafteurs, les troupeaux, dans le puits de la
    mort.
Je laiffe un beau dehors, mais ce n'eft qu'une
    écorce,
Un miniftere faint, mais ftérile & fans force ;
Quelques Elus, mais peu ; germe heureux & fé-
    cond.
Mon efpoir.….. Ah ! ce mot vous cache un fens
    profond.
Sous un bandeau d'acier votre ame eft aveuglée ;
De vos crimee enfin la mefure eft comblée.
Votre Arrêt s'exécute, infenfibles Prélats,
Vous l'avez fous les yeux .…. & vous ne tremblez
    pas.

BIBLIOTHÈQUE NATIONALE
R. F.
IMPRIMÉS

F I N.

www.ingramcontent.com/pod-product-compliance
Lightning Source LLC
Chambersburg PA
CBHW061901080726
47597CB00010BA/4343

AF316888

LE LAIT

(Point de vue biologique)

Par M. le Docteur A. LUTON

REIMS

MATOT-BRAINE, IMPRIMEUR-LIBRAIRE-ÉDITEUR

Henri MATOT, Fils et Successeur

6, Rue du Cadran-Saint-Pierre, 6

—

1890

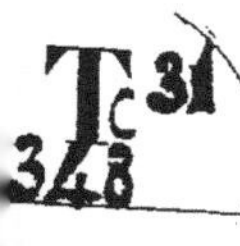

DÉPÔT LÉGAL
Marne
M. 37
189?

LE LAIT

(Point de vue biologique)

31
C
348

LE LAIT

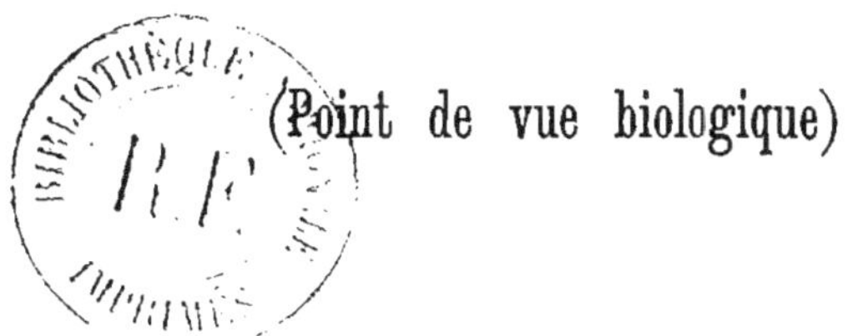

(Point de vue biologique)

Par M. le Docteur A. LUTON

[Library stamp: BIBLIOTHÈQUE R.F.]

REIMS

MATOT-BRAINE, IMPRIMEUR-LIBRAIRE-ÉDITEUR

Henri MATOT, Fils et Successeur

6, Rue du Cadran-Saint-Pierre, 6

—

1890

LE LAIT

(Point de vue biologique)

———·❊·———

La question du lait, comme aliment du nouveau-né, du valétudinaire et du convalescent, est toujours opportune : elle l'est surtout en ce moment, par suite des discussions qu'a soulevées la prophylaxie de la tuberculose. A ce titre, la courte note, que nous offrons à l'attention du lecteur, portera en elle-même son excuse.

Le lait est un aliment parfait, adapté aux convenances de chaque espèce de mammifères ; mais il est loin d'être identique dans tous les cas; fut-il envisagé chez le même animal, à différents moments de l'allaitement. Un grand nombre de circonstances peuvent modifier le lait, dans un cas donné : selon qu'il est observé à une date plus ou moins éloignée de la parturition ; selon le mode d'alimentation ; selon les conditions d'habitat, de santé, etc., de l'animal.

L'homme lui-même, qui a imaginé d'emprunter leur lait aux animaux mammifères, a poussé les choses encore plus loin, lorsqu'il a entrepris d'agir sur la composition de ce lait, par le régime imposé à l'animal ; et même en faisant intervenir des substances médicamenteuses dans ce régime, de manière à administrer certains agents thérapeutiques à l'insu du malade, et sous une forme qui les rende plus efficaces encore.

Enfin, pour conclure sur ce sujet, relatif à la diversité des laits, nous disons que, en dehors de certaines différences très accusées, d'après l'espèce animale, il existe entre les qualités de tel ou tel lait, de provenances voisines, ou même d'origines presque identiques, de ces nuances, qui constituent les crûs du vin, et que les palais exercés savent très bien reconnaître.

Les animaux, auxquels l'homme emprunte le plus volontiers le lait pour l'approprier à son alimentation, sont : la *vache*, la *chèvre*, l'*ânesse*, la *jument*, la *brebis*, la *chamelle*, la femelle du *renne*, et très exceptionnellement la *chienne*. Sans doute, ces divers laits, étant données les meilleures circonstances possibles, peuvent remplacer jusqu'à un certain point le lait maternel ; et cela d'autant mieux que le lait choisi se rapproche le plus par sa composition du lait de la femme. Sous ce rapport, l'*ânesse*, la *jument*, offriraient des succédanés précieux, s'il était possible de s'en procurer des quantités indéfinies, comme avec la vache.

Il est des contrées dans lesquelles c'est à la jument qu'on s'adresse, pour atteindre l'objet qui nous occupe. Dans les steppes de la Tartarie, le cheval est la grande ressource de l'homme, et il y est élevé en troupeaux immenses. Il sert, non seulement à transporter la famille et ses meubles, dans ses incessantes migrations ; mais encore on vit de sa chair, et le lait de la jument, qui n'a pas reçu d'emploi immédiat, est conservé après fermentation, et devient le *koumys*. Cette boisson, qu'on a importée en France pour être employée contre la phthisie, est en somme un alcoolique ; elle vient nous prouver, que sous toutes les latitudes, dans tous les climats, même les plus déshérités, l'alcool est un des besoins de l'homme, qui l'aide à vivre, et le fait mourir plus tôt.

Le lait de la chamelle et de la femelle du renne remplit à peu près les mêmes usages ; mais c'est un aliment lourd et grossier, qui s'éloigne beaucoup du type de lait que nous recherchons.

Dans nos contrées, à quelques exceptions près, dont la chèvre est surtout l'occasion, c'est la vache qui est la grande nourrice de nos enfants en bas-âge, et c'est de son lait dont nous allons exclusivement nous occuper.

Des différences, moins accusées sans doute, existent encore entre les laits de diverses provenances, indépendamment de la nourriture à laquelle l'animal est soumis, et simplement par affaire de race. Or, sous ce dernier rapport, on rencontre des oppositions bien inattendues.

C'est ainsi que nous avons pu observer, sur une large échelle, l'influence de la *taille*, et constater que les petites vaches bretonnes offraient un lait beaucoup mieux approprié à notre espèce que celui des grandes vaches normandes, nivernaises ou flamandes.

Ici, les faits ont parlé, et, à ce point, qu'il y a eu intolérance absolue pour le lait des grandes races, tandis que le lait des vaches bretonnes paraissait devoir se substituer au premier lait, presque au même titre que le lait de *femme*, d'*ânesse* ou de *jument*. Dans deux circonstances bien distinctes, la démonstration a été décisive.

Il s'agissait, d'abord, d'un enfant nouveau-né, que sa mère avait nourri pendant six semaines environ. L'allaitement n'ayant pas pu être continué, il fallut recourir au biberon, alimenté par un lait qu'on croyait parfait, parce qu'il était fort ; mais des vomissements incessants vinrent nous montrer que ce lait était impropre à l'alimentation de cet enfant. D'après nos indications, on s'adressa à une laiterie de vaches bretonnes, établie aux environs de Reims : immédiatement tout se répara, et depuis alla pour le mieux.

Dans une autre circonstance, c'était une jeune femme, en convalescence d'une fièvre typhoïde grave. Lorsque le moment fut venu de commencer l'alimentation, nous prescrivîmes du lait non bouilli, selon notre habitude ; mais, tout en affaiblissant ce lait avec de l'eau, il ne fut pas mieux supporté: c'était un lait quelconque, acheté en ville. Nous songeâmes alors aux vaches bretonnes, dont nous connaissions le lait par expérience ; et, cette fois encore, le succès vint confirmer nos espérances. A partir du jour, où cette nourriture plus délicate fut instituée, à l'exclusion de tout autre aliment, la marche de la convalescence fut rapide et décisive.

En concluant, nous dirons qu'à l'exception du lait d'ânesse ou de jument, ou d'une bonne nourrice, s'il s'agit d'un jeune enfant, le lait de certaines vaches, de petite taille particulièrement, possède toutes les qualités requises pour l'alimentation efficace des enfants ou des convalescents, qui ne

sauraient supporter un lait trop fort, en dépit de la bonne
opinion qu'on a de lui.

Nous ne pensons pas qu'on doive s'appuyer exclusivement
sur l'analyse chimique pour apprécier *à priori* la valeur d'un
lait quelconque. Le vrai *criterium* de la qualité d'un lait, ce
sont les résultats que l'on obtient par son usage continué
pendant un temps suffisant. Quand il est question d'engager
une nourrice mercenaire, c'est sur l'aspect de son propre nourrisson que nous basons principalement notre décision.

Ce mode d'observation l'emporte, pour la pratique, sur une
analyse chimique aussi rigoureuse que possible. Malgré les
recherches les plus savantes, il y a toujours quelques éléments
qui échappent au réactif du chimiste. En dépit du titre pris
depuis quelque temps de *chimie biologique*, pour l'étude des
principes qui se forment sous l'influence de la vie, le but n'est
pas atteint, puisque ce sont précisément les caractères biologiques de ces composés si compliqués, qu'on appelle : le *sang*,
le *lait,* l'*urine*, la *bile*, etc., etc., que la chimie est impuis-
sante à saisir. Et pourquoi, vous médecins, qui ne devriez
pas l'oublier, abandonnez-vous le terrain qui fait votre force,
celui où s'accomplissent les phénomènes vitaux, pour emprunter au chimiste ses méthodes et ses conclusions ? De toute
façon, les actes de la vie ont une physionomie bien spéciale,
et les produits, qui en sont le résultat, ont été bien longtemps sans que la synthèse ait osé les imiter. Il est vrai
qu'aujourd'hui la délimitation est franchie, et qu'un grand
nombre de substances sont produites de toutes pièces, sans
que le jeu de la vie ait pris part à leur création. Cependant
les prétentions de la chimie s'arrêtent encore à la molécule
albuminoïde, qui représente après tout le groupe synthétique
le plus compliqué ; et on peut admettre que tous les autres
principes immédiats ne sont que des dérivés de la molécule
vivante par excellence. Dans les deux cas, les créations de la
vie, et les synthèses du chimiste, constituent deux séries paral-
lèles, mais inverses. Le but des formations biologiques sem-
ble être de créer le plus haut symbole de la matière vivante ;
tandis que le chimiste n'est parvenu jusqu'ici qu'à former,
dans les chutes successives de la molécule protéique, des

points d'arrêt, auxquels correspondent tous les corps de la chimie organique. Donc, il n'y a pas de chimie biologique : l'attribut biologique ne peut se manifester que dans l'étude attentive du jeu de la vie, et des substances qui participent à la vie, ou qui servent à l'entretenir.

Sur cette donnée, observons les caractères biologiques du lait.

1° Le lait procède d'une formation cellulaire, qui a pour théâtre les *acini* de la glande mammaire. Cette formation est elle-même subordonnée à l'influence nerveuse, qui l'associe synergiquement aux divers autres actes fonctionnels et particulièrement à la parturition.

C'est ainsi que se continue, pour le nouveau-né, un mode de nutrition, qui sert de transition entre la vie intra-utérine, pendant laquelle la substance nutritive provient directement du sang, et la vie indépendante, durant laquelle une élaboration plus complète va chercher la partie utile de l'aliment, quel qu'il soit. Il y a même des animaux, dont l'allaitement se fait sans avoir en quelque sorte quitté le sein maternel ; tels sont les *marsupiaux*, qui présentent une phase intermédiaire entre la vie intra et extra-utérine. Il est clair que, dans de telles conditions, le lait n'est plus qu'une apparence du sang, dont les attributs vitaux ne sont généralement pas contestés.

2° Le lait, aliment parfait, renferme, à la fois, des substances d'un pouvoir thermogène considérable, le *beurre* et la *lactose*, tandis que la *caséine* figure l'aliment plastique, concourant à former les tissus permanents, et enfin les *sels alcalins*, dont les molécules sont autant de centres d'attraction, bien en rapport avec leur pouvoir dynamique prédominant. Il n'est pas possible de concevoir de groupement mieux combiné, ou, pour mieux dire, une association d'éléments à la fois plus complexe et plus harmonique. La chimie pure ne comporte jamais de ces mélanges, en apparence hétéroclites, mais nécessaires au but poursuivi : c'est-à-dire pour répondre à la multiplicité des fonctions, qui par leur ensemble constituent l'être vivant.

3° Les altérations du lait, spontanées ou provoquées, représentent les suites de la mort de cette substance, que nous avons douée d'une vitalité obscure, confirmée par cette dégradation même.

Abandonné à lui-même, à l'air libre, à une température moyenne, le lait ne tarde pas à *tourner*. Ce phénomène donnerait à lui seul l'idée d'une perturbation profonde survenue dans un groupement moléculaire, en état d'équilibre instable. Au contact de l'air, et en se refroidissant, le lait s'acidifie peu à peu, par une fermentation spéciale de la lactose, que détermine un principe azoté encore inconnu. Dès lors, la caséine est précipitée ; elle nage en gros caillots blancs dans une sérosité louche et bleuâtre. Puis, peu à peu, la partie liquide, ou *petit-lait*, s'évapore ; la masse se concentre : il s'est formé du *fromage*. La fermentation lactique, puis butyrique, complète son œuvre ; et dans les altérations consécutives, vous voyez apparaître des produits de régression, qu'on ne saurait mieux comparer qu'au *gras de cadavre* : seule la *leucine* différant quelque peu de l'*adipocire* ou *cholestérine*. N'est-ce pas la contre-partie des synthèses biologiques ? et dans ces attributs de la mort, ne voit-on pas une nouvelle preuve que le lait a vécu ?

D'un autre côté, l'*ébullition* du lait va nous fournir de nouveaux arguments en faveur de notre thèse. Il n'y a pas ici de sujet plus controversé que celui-là. Les sociétés d'hygiène, les congrès récents se sont empressés, à qui mieux mieux, de proscrire le lait naturel, et de recommander d'une façon exclusive l'usage du *lait bouilli*. C'est sous l'empire des craintes inspirées par la *tuberculose*, et de sa dispersion par l'intermédiaire du *bacille* de Koch, que s'est développée l'agitation actuelle.

Le mouvement a été en quelque sorte irrésistible. Les mêmes autorités, qui quelques années auparavant avaient recommandé dans leurs instructions au public de ne pas faire bouillir le lait, n'ont pas craint de signer un nouvel avis condamnant leur première manière de voir.

On doit ce mouvement irréfléchi et contradictoire aux décisions du Congrès de la tuberculose, tenu en juillet 1888. Mais ce n'est pas le seul point sur lequel se soit exercée l'influence fâcheuse dudit congrès. Pour ce qui concerne le lait, il est évident que cet arrêté a été pris prématurément.

Voici ce qui le condamne :

1° L'ébullition du lait dénature complètement sa constitution. Après qu'il a subi quelques instants d'ébullition, et qu'on l'a laissé refroidir, sa surface se couvre d'une pellicule plus ou moins épaisse, et qui se renouvelle incessamment, à mesure qu'on l'enlève. En même temps, il se dépose au fond du vase une matière solide semblable à de l'albumine coagulée : 300 litres de lait fournissent 1200 gr. de ce dépôt à l'état humide, et 500 gr. desséché à 110°. Cette matière renferme la moitié de son poids de beurre ; un quart de matières albuminoïdes ; le reste se compose de sucre de lait et de sels. Comment peut-on dire, en présence de pareils résultats, que l'ébullition n'altère pas le lait (Adrian) ? Quant à la pellicule qui couvre la surface du liquide, on dit simplement qu'elle est fortement azotée ; or, elle est presque toujours rejetée de l'alimentation au biberon.

Voici donc l'aliment appauvri que vous offrez à l'avidité du nourrisson ; et vous ne devrez pas vous montrer étonné qu'il faille y suppléer par l'adjonction de farines plus ou moins raffinées, devenant la base de ces bouillies débilitantes et d'une si facile acessence, qui donnent aux enfants un gros ventre, et les jettent de très bonne heure dans les désordes du lymphatisme.

2° Quant aux dangers provenant du bacille emprunté aux vaches tuberculeuses, ils sont parfaitement illusoires. D'abord, la constatation de ce bacille dans le lait de vache manifestement tuberculeuse, n'est pas un jeu d'enfant. Il faut une grande expérience de cette recherche pour pouvoir se prononcer en tout état de cause ; et aujourd'hui les caractères morphologiques du principe tuberculeux ne sont plus univoques ; non seulement d'autres microbes ont été signalés chez les tuberculeux (tuberculose zoogléique de Malassez et Vignal), mais encore le vrai bacille de Koch lui-même a été signalé dans d'autres cas que la tuberculose : il n'en est donc plus le caractère exclusif ; et, du reste, tant d'autres causes nous mettent sur la voie de la tuberculose, qu'on ne sait plus de quel côté nous devons diriger nos tentatives de préservation : « souvent l'excès d'un mal nous conduit dans un pire ».

Enfin, il est avéré que la tuberculose proprement dite est rare dans la première enfance. Les formes qui se rattachent plus particulièrement à l'affection bacillaire chez l'enfant sont plutôt de la nature de la scrofule. Dans ces conditions, le mal bacillaire devient presque banal (Voy. *Revue de clinique et de thérapeutique*, 1889) ; mais devant cette multiplicité de déterminations, en général prématurées et bénignes, il n'y a plus lieu de s'inquiéter autant ; et l'on trouve dans une médication trop dédaignée une ressource presque certaine pour combattre un mal saisi dans sa première efflorescence (voy. *Traitement de la tuberculose primaire par les sels de cuivre*, Luton, de 1887 à 1889).

Nous condamnons donc l'usage du lait bouilli et dénaturé par ce fait même ; et s'il ne faut pas montrer d'affectation de sécurité en présence d'un lait de vache tuberculeuse, on ne doit pas non plus jeter un doute sur la valeur d'un aliment qui sert de base à l'alimentation d'êtres débiles : cela ne vaut-il pas mieux en fait que l'introduction malsaine de ces laits artificiels qui coûtent la vie à tant de nouveau-nés, et ne sont avantageux que pour leurs promoteurs ?

3° Quelques rapprochements tout naturels compléteront cette discussion. Déjà nous avons fait certaines allusions aux similitudes du lait et du sang : le premier présentant des indices de vitalité au même titre que le second, c'est-à-dire que l'un et l'autre recèlent le principe de la vie en puissance ; de même qu'un corps combustible renferme pour un moment donné une quantité de calorique susceptible d'être calculé à l'avance.

La chair des animaux, envisagée au point de vue alimentaire et biologique, nous offre un nouveau cas d'appréciation. Or, il est avéré que le pouvoir nutritif de cette chair est à son maximum au moment où l'animal vient de succomber ; puis, à mesure que le calorique s'en retire, elle subit promptement de profondes modifications qui l'amènent de l'état de chair vivante à celui de la putréfaction. Il y a là des indications que ne devraient pas oublier ceux qui nous vantent, comme aliments d'une valeur exceptionnelle, des préparations faites avec la chair des animaux dont la vie s'est depuis longtemps retirée. Que dire encore de la viande bouillie, fumée ou faisandée ?

Pour achever cette revue, nous évoquerons encore certaines vertus attribuées aux eaux minérales, auxquelles Bordeu accordait un mode de vitalité particulier, et que Gubler ne craignait pas d'assimiler au sérum du sang. Aux proportions des éléments salins près, cette thèse est soutenable ; car le rôle des molécules minérales s'élève ici jusqu'aux confins de la vie. Dans ces eaux, d'autre part, on voit se déposer une matière glaireuse, qu'on pourrait rapprocher de cette gelée vivante du fond de la mer, et qualifiée du titre d'animal, sous le nom de *Bathybius Heckelii*: à quel point précis commence la vie ? Qui le sait ?

Il est temps de terminer ; un rapide résumé édifiera suffisamment le lecteur :

1º Le lait, par sa constitution générale et son emploi, peut être assimilé au sang des animaux. Sa composition immédiate ne saurait s'exprimer en une formule chimique, et parmi ses principes constituants, il en est que la synthèse ne parviendra jamais probablement à reproduire ; tels sont les corps albuminoïdes, qui échappent à toute délimitation précise, en leur qualité de colloïdes, et faute de pouvoir s'engager dans une combinaison morphologique quelconque.

2° En raison de cette apparence de vitalité, le lait doit être consommé au plus tôt après son extraction, encore chaud s'il est possible, mais non bouilli. Des instructions nettes devraient être affichées à la portée du public, dans les maternités, les crèches, etc., et la remise de ces instructions devrait accompagner la déclaration de toute naissance.

3º On donnera la préférence, si la mère ne peut pas nourrir son enfant, ce qui serait pour le mieux, au lait de vache, qui ne fait jamais défaut, et surtout des vaches bretonnes ou de petite taille, qui est léger et délicat, se rapprochant quelque peu du lait d'ânesse ou de jument.

4° Il est bien entendu qu'il y a lieu de proscrire tout

procédé de conservation ou d'imitation du lait : c'est déjà
assez, c'est trop même, qu'un enfant reçoive dans son premier
âge autre chose que le lait de sa mère, si différent des autres
laits et si bien approprié à sa destination.

5° Le lait ne convient pas à tous les âges, notamment à
l'homme adulte, qui a peu d'appétence pour cet aliment. Il est
avant tout la ressource du jeune enfant, du convalescent et
du valétudinaire, ces derniers ramenés par leur état de débilité
au type puéril.

Puisse donc ce modeste essai de biologie appliquée, nous
montrer le lait autrement que comme un mélange quelconque de beurre, de lactose, de caséine, de quelques sels
et d'eau.

Puissions-nous voir ce genre d'études se vulgariser, pour
constituer la biologie à l'état de science autonome ; c'est par
là que la médecine échappera à l'arbitraire et à la banalité.
Dès lors elle sera la science par excellence, car elle aura
pour objectif l'homme lui-même, contemplant comme dans
un miroir sa propre personnalité, et répondant ainsi au précepte
inscrit au fronton du temple de Delphes : Γνῶθι σεαυτόν.

Reims. — Imprimerie MATOT-BRAINE (Henri MATOT, Fils & Successeur),
éditeur de l'*Annuaire de Reims, de la Marne, de l'Aisne et des Ardennes*,
rue du Cadran-Saint-Pierre, 6. — *Usine à vapeur*. — **TÉLÉPHONE.**

www.ingramcontent.com/pod-product-compliance
Lightning Source LLC
Chambersburg PA
CBHW061901080726
47597CB00010BA/4354